푸줏간집 여자

황금알 시인선 96
푸줏간집 여자

초판발행일 | 2014년 12월 24일

지은이 | 양아정
펴낸곳 | 도서출판 황금알
펴낸이 | 金永馥
선정위원 | 마종기 · 유안진 · 이수익 · 문인수
주 간 | 김영탁
편집실장 | 조경숙
표지디자인 | 칼라박스
주 소 | 110-510 서울시 종로구 동숭동 201-14 청기와빌라2차 104호
물류센타(직송 · 반품) | 100-272 서울시 중구 필동2가 124-6 1F
전 화 | 02)2275-9171
팩 스 | 02)2275-9172
이메일 | tibet21@hanmail.net
홈페이지 | http://goldegg21.com
출판등록 | 2003년 03월 26일(제300-2003-230호)

ISBN 978-89-97318-89-6-03810

*이 시집은 2014년 부산문화재단으로부터 지원을 받아 발간합니다.

푸줏간집 여자

양아정 시집

황금알

구멍마다 새어나온 비명들

내 영토에 갇힌 말들

훨훨 날아가시라

차 례

3부

4부

1부

톱

온몸에 칼이 돋아난
당신의 혀는 나를 난도질한다

피투성이
너덜너덜해진 살덩이가 벽에 걸린다
바람이 사용설명서를 묻는다

아버지 나를 말려주세요
시든 꽃처럼 마르고 또 말라
다시 피어나지 않게요

갈기갈기 찢어진 나를
휘휘 허공에 흩어버리고
재떨이에 쌓인 꽁초들 속으로
고개를 떨구며

링거병 노란 수액 속으로
돌아눕는 늙은 제왕

당신은,
호시탐탐 날을 일으켜 세우며
무뎌진다
죽음 쪽으로 날카로워진다.

당신의 눈에 무성히 돋아나는
이빨들
녹슬어가는 한 자루의
톱

눈먼 자의 악보

맹인은 천천히 악기를 꺼내어 든다.

묵은 지퍼가 열리자 쏟아지는 불협화음, 출처를 알 수 없는 소문들 줄지어 오선지에 올라선다. 지정되지 않은 자리를 잡는다. 지하 월세방에서 빠져나온 음계들, 가파른 계단을 물고 있는 낮은음들. 악사의 겨드랑이 사이로 쏟아져 바닥으로 늙은 얼굴을 처박는다.

무수한 주름을 가진 건반을 더듬는 난독증의 연주자.

흰 지팡이가 지키는 바구니에 던져지는 동전들, 구깃구깃 구겨진 지폐 몇 장. 악사의 귓속 깊고 깊은 터널에 쌓일 때마다 음표들 흔들린다. 으르렁대며 서로 멱살을 잡아챈다. 때 절은 외투에 매달리는 차가운 눈빛들을 악사의 검은 안경은 털어내지 않는다. 잠깐의 침묵 사이로 무반주의 오후가 하얗게 짖어대고

세상은 눈먼 자가 읽지 못하는 악보로 펄럭인다.

닳아빠진 레일 위를 묵묵히 걷는 햇살은 그림자를 늘였다 줄인다. 주름투성이 그림자가 지상을 건너간다. 구정물 뚝뚝 흐르는 아이를 둘러업은 아이 잿빛 얼굴이 낯선 신발 앞에 엎드려 코를 박을 때

늙은 악사가 붙든 단단한 시간의 매듭들 풀린다. 툭 길 위로 떨어진다. 물수제비뜨듯 날아다니던 음표들 재빨리 거두어 사라진 자리, 아이를 둘러업은 아이 여전히 땅에 엎드려 맹인이 버리고 간 악보들 읽고 또 읽는다.

선반과 불륜

허공에 못을 박고 절벽을 써버린
한 칸의 자유

가슴에 비수를 꽂고도 살아지는
뻔뻔한 쇼맨십으로
내 심장 내가 잘라먹고
햇빛 뜨거운 난간에 나는 앉아 있다

흘러가는 구름에 바퀴를 달며
너의 영토에 굳이 뿌리를 박고
너의 등에 올라타 기생하는
나는 좁고 길고 평평한 혹

언젠가 추락하는 날이 오면
너는 다시 뽑힌 자리로 돌아가
벽으로 남을 수 있을까

흔들어도 떨어지지 않는
바깥으로 튀어나온 이 부적절한

나의 주소

벽으로
당신의 몸으로 스며들고자 한
한 점 은유로 남기 위하여

이젠 뛰어내려야 한다

늘 흔들리는
당신의 어깨에서

정글짐

점과 선이 철봉에 부딪히며
사각의 통조림들이 쌓인다
밀봉된 아이가
빈 깡통 속에 갇혀
구름 계단을 밟고
공중을 헤엄치며
시간의 옹벽을 쌓는다
문 없는 문을 닫는다
빈 깡통 속에 빈 깡통을 넣는 사람들
주머니에 숨소리를 가두고
쇠뭉치의 악다구니들 사이로
서커스를 하는 오후 4시
그림자들 사각형 숲 속에서
끼워 맞추기 놀이를 하며
없어진 동공에 안테나를 세운다
허공과 허공 사이
뼈와 뼈 사이
살점 녹아내린
거대한 공룡

불 내뿜는 혀는
누런 해 속으로 걸어 들어가고
속을 알 수 없는 고립된 건축물
이명으로 들썩인다
누구도 거부할 수 없는
사각의 소요
사각의 율법

테트라포트의 방식

당신은
당신이 만든 거짓말로 바다에 몸을 던진다

발가락 사이사이 축축한 신음을 길러내는
처음부터 울 준비를 하는 여자

단정하게 아침을 맞고
착하게 햇빛을 쬐며
몸통에 비축하는 저 단단한

거짓말이 새벽안개를 덮고 누울 때
미역 줄기처럼 단단한 시간은 돋아난다

저 드라마틱한 파도를 향해
나는 괜한 걱정을 했다.

드라마가 매립된 바다에선
일어서는 여배우
단호한 시멘트로 분장한 여자

단지 조류를 거스르고 싶은
팜므파탈

꼬리에 꼬리를 문 추문을 달고
우는 여자
물방울처럼 날마다
바다에 투신하는 여자들

* 테트라포트: 방파제 건설에 사용되는 다리 네 개 달린 콘크리트 덩어리

자정의 병동

화사한 불빛 아래
떼 지어 숨은 도마뱀들
검은 구름을 피워 올리는 이곳에서
시간은 수많은 숫자를 낳는다

헐거워진 머릿속 녹슨 눈빛들
마구 풀어 헤쳐진 은밀한 핏줄로
목숨을 짓밟는 숫자들
중환자실 유리창에 매달리고

날아오르는 약봉지
춤추는 주사기
단정한 평화를 깨며 날아오르는
비둘기떼 날갯짓 소리 닮은 저주
욕지거리들 사라지면

피가 질퍽거리는 복도
각진 표정들 어둠 속에 구겨 넣고
바람의 눈치를 보며

중력을 견디며 서 있는
어느 겨울의 계단

노파의 굽은 등으로 새어 나오는
지리멸렬한 시간들
마지막 통로를 건너는 휠체어
달빛을 잘라 먹고
터널을 지나간다

허공에 빨대를 꽂고
목숨을 빨아들이는 정적으로
점점 어둠 속으로 가라앉는
자정의 병동

핸드백

늦은 봄 저녁 달이 지퍼를 열자, 유행 지난 검붉은 입술이 말라있다. 고장 난 자동차 한 대, 주춤거린다. 시계탑에서 흘러내리는 늙은 하늘이 아무에게도 말 걸지 않는, 탐조등이 꺼진 거리,

붉은 하이힐 한 짝이 허공을 걸어온다. 뚝뚝 피를 흘린다. 손가락을 빨며 꿈꾸던 여자아이 꾸벅꾸벅 졸다 깼다. 벌겋게 부풀어 오른 지루한 오후가 욕설을 내뱉는다. 욕설이 폭죽처럼 터진다. 완강하게 각진 시간의 모서리가 닳는다

오, 나의 성스러운 신앙
관계들, 온갖 어둠이 우글거리는 동굴

천 개의 입술을 주렁주렁 매단
은밀한 사원

맨홀

앰블런스가 달려간다. 흐트러진 겹겹 어둠을 매달고 사이렌이 질주한다. 문득, 내 옆구리 옷솔기를 뚫고 일어서는 불운의 냄새. 차가운 공포가 스멀스멀 등 뒤를 기어간다. 너는 살아있으나 오래전에 죽었고 죽고 또 죽어 내일 다시 죽을 것이다. 누군가의 예언이 심장을 두드린다. 천둥소리가 몸 안에서 쏟아진다.

피투성이 목소리가 한밤중 전화선을 타고 넘어온다. 무거운 눈꺼풀 들어 올리며 찢어지도록 팽팽하게 귀를 잡아당긴다. 침대 위로 떨어지는 불길한 예감들 비웃듯 아직 죽지 않은 기억 속의 주검들 엎질러진다. 저승꽃 주렁주렁 창문에 매달린다. 발밑이 온통 지옥이다. 동그란 뚜껑을 닫은 채 숨어있는 지옥. 식어가는 밤의 한가운데로 일어선다. 네 불운의 애비, 네 불행의 어미를 집어삼키겠다. 일제히 아가리를 벌려 내보이는 제 검은 속.

앰블런스가 달려온다. 반짝반짝 잘 닦인 아침이 지상을 질주한다. 도망칠 수 없다. 한 치 발밑이 벼랑이다.

검은 땅속으로 숨어들어 간 지옥들 섬광처럼 속삭인다.
잠들지 않는다. 어둠과 빛 틈새에서 살아남은 자의 텅
빈 눈동자. 뚜껑 닫힌 지옥의 벌건 혓바닥이 핥고 간다,

복날 등신불

압력밥솥에 가부좌를 틀고
시간을 익히는 그대
감정과 사상을 긁어내고
벼슬 걸려 있던 얼굴까지 버리고
펄펄 끓는 지옥으로
걸어 들어오기까지

이국의 질긴 습관 날려 보내고
기꺼이 길을 잃어버린
등신불

맛나다

자줏빛 하이힐 신은
잘려나간 발가락들
누군가의 안줏거리로
누군가의 매콤한 위로가 되는
끝없이 자라나는 발가락들

끓어 넘치고 공중 분해되는
퍼즐 조각들
연기 속에서 완성되는
한 생애들

맛나다
저 으스러진 날개뼈

파파라치

찰칵 네온사인을 물어뜯는다.
헛된 찰나를 네 몸속에 기록한다

관음증을 앓는 당신
설익은 트집 모빌처럼 매달아 놓고
바람의 타박을 즐기며 흔들흔들.

너는 허공을 갉아 먹는 이빨
별빛을 끌어내려 지상에 쭈그려 앉히는
독재자의 안경

볼이 불룩한 렌즈 속
식탐으로 삼킨 길들 구불구불하다
CCTV, 시시비비
노점상 아낙의 죽 그릇에 눌러붙은 파리떼
들쥐들이 파먹은 주검의 텅 빈 눈으로

네가 집어삼킨 허공의 문장들
네가 숨긴 수많은 헛바닥들

숨어있다 내 모자 속에
당신의 치마 속에

날름거린다 붙든다.
굳어버린 등을 가진 교활한 짐승,
소문이 발효되는 동안
네 눈과 귀는 무턱대고 바람을 추적한다.

비닐을 뒤집어쓴 풍문,
꽃잎의 치맛자락을 들추며
당신과 나,
지금 서로를 몰래 촬영 중이다.

사방연속무늬

나방 한 마리 불빛을 두드린다
40와트 전구를 와락 껴안고 밥상 앞에선
압력밥솥의 추가 울기 시작 한다
방바닥엔 나방의 그림자 걸어 다니고
고단하게 밥알이 익어가는 소리
천장에 매달려 있다
불꽃이 긴 혀를 낼름거리며
무쇠솥 안의 끈끈한 관계를 달구는 동안
서로 어우러진 나방과 전구는
방안 가득 무늬를 그려 넣는다
커져 버린 그림자와 가구가 엎치락뒤치락 하는 사이
나방의 날개는 밤을 난타하며 허물어진다
빛을 쪼아먹는 희미한 날개 소리
아직, 밥알은 서로 뜨겁게 엮이지 못해
비명을 내지르며 풀어지고
뚜껑 위엔 거품이 부글부글
완강한 압력에도 어쩔 수 없었는지
눈물은 끓어 넘치며 자꾸 새어 나온다
하루를 살아내는 건

제 몸에 상처를 두들기는 일
발광체와 날개 사이
그저 소음으로 끝나버린
나방의 열정은 어둠 저쪽으로 넘어가고
강한 접착력으로 밥알은 불멸의 힘으로 남아
오늘과 내일 갈피마다
또 다른 사방연속 무늬를 도배한다

표절

— 거울이 소녀들을 심판하는 날
몸속에서 와르르
못들이 쏟아지리라

소녀들 앞 다투어 수술대에 오르네
점액질의 모성이 수유 되는 동안
사방 벽에서
덜 마른 마네킹들 뛰어나오네

굳은살 박힌 웃음은 쓰레기통에
던져지고
실리콘 탯줄에 매달린
피투성이 얼굴들
차가운 거울 속에서 일어서네

가면이 와글와글 피어나는
꽃집에서
끝없이 자라나는 흉터들 짜깁기하는
서툴러서 즐거운
마술사들의 세상

모든 것이 살해되고
모든 것이 새로운 방식으로 태어나네

면도날의 권력으로
복사의 방정식으로

하늘은 자꾸 구름을 떼었다 붙이네

서로가 서로를 표절하는 사람들
거리마다 행복하게
북적거리네

그녀, 마네킹

지난여름의 표정 위에 걸친 바람
불안하다, 는 변명을 팔에 걸고
어깨에 구름을 걸치고 허공을 뒤진다

투명한 유리 상자 속을 순례하는
내 앞에서 화들짝 몸을 바꾸는 상반신
미처 가리지 못한 하반신

발밑에 잠복한 땡볕들 일제히 투항
얇은 치마 속으로 스멀스멀 기어들고
춤추는 인형들의 진열장
너덜거리는 팔에 매달린 입술들
기름진 시선들에 번들거리는 가슴

각질 벗겨진 목덜미 어디쯤
병든 내 얼굴과 눈을 마주친다

어쩌면, 한 생을 돌고 돌아
실오라기 하나 걸치지 않고

화장터에서 걸어 나와 스며든 곳
방부제로 채워진 유리관

검은 스타킹 둘둘 말아 올린 허벅지를 쓰다듬던
숨은 눈빛들 내게로 향할 때
모르는 척 몸을 돌리며
중얼거린다

내 죄다. 모두
내 잘못이 아니다 중얼거리며

두 팔을 모아
아직 식지 않은 가슴의 체온 껴안는다
마른 공기 쓰윽 밀어내며
유리문을 밀고 나온다

2부

별다방 미쓰리

당신은 지구촌의 평등한 대우와 누런 태양 아래 떠 있는
별을 파는 가게에서 시간을 조금씩 파먹는데

당신의 표정은 동전에 새겨진 낡은 웃음으로
뜨거움을 가장한 차가운 커피를 특별히 부탁하는데

빼곡히 박혀있는 아내들, 별 헤는 동안
세상은 엿 먹고 침으로 출렁거리고
별똥별은 무참하게 짓밟히는데

쓰레기를 소각하는 오후 3시

춤추는 아메바
두툼한 시간의 비계들
시럽을 진하게 넣고
스타가 되는

거대한 타액의 공장

암고양이 소리를 내는 현관문은 당신을 삼키고
잉여인간의 한도까지 당신을 인출하는데

립싱크

    직육면체 빌딩 속 멸종과 번식 사이 애벌레가 꾸역꾸역 기어들어간다. 지상에 줄지어 서 있는 식빵들, 운전기처럼 돌아가는 회전문으로 뱉어지는 엑스트라들, 건물을 뜯어 먹기 위해 금붕어는 엘리베이터에 오르고 서로의 역한 냄새를 핥는다. 저마다의 무게로 흔들거리는 침묵과 의혹의 계단들 공중으로 번식하고 무중력자들 먼지처럼 떠 있다.

    수초에 포박된 구릿빛 근육은 폐쇄공포증을 앓고, 녹슨 지구본을 돌리며 수상한 노래를 부른다. 비수처럼, 혹은 유언처럼. 층마다 새어 나오는 산소 방울이 복도에 굴러다니며 비명을 지른다. 실종된 금붕어는 누군가의 뱃속에서 푸릇푸릇 자라나지만, 이것은 오래된 관습이다. 공백은 늘 채우기 위해 아가리를 벌리고 검은 콘크리트 벽 속으로 숨는다. 벽을 쾅쾅 울리며 소리를 지르지만 이곳은 소리가 죽어가는 수족관. 말의 시체들이 둥둥 떠다니는 푸른 늪.

거미집

구름 위로 빌딩이 들어선다. 수많은 거미들의 로비, 씨실과 날실을 분양받고 승강기에 오른다. 허공의 지갑에서 훔친 바람, 흔들림. 좀처럼 열리지 않는 문에 도착한다. 전봇대들 일렬로 늘어 서 있는 허공. 끈적한 전선들이 흘러나와 집을 짓는다. 구름 위 골목마다 배설하는 실젖들, 지상과 연루되지 않으려는 듯 입을 꽉 다물고 있는 출입문.

거대한 구멍 속으로 햇살이 걸려든다. 창문마다 이슬꽃 글썽거리고 넝쿨처럼 계단은 피어오른다. 계단이 계단을 낳고 또 낳아 마침내 허공에 닿는다. 닿자마자 바람이 찢기는 집들 사이에서 다시 꿈꾸는 그들의 등마다 목숨의 지형도가 아로새겨진다.

노인병동

커튼을 열닫는 동안, 납덩이의 아침이 등짝으로 찾아온다. 구겨진 몸 단단히 묶인 채 희미한 눈빛만이 공중을 떠다니는 병상, 가랑잎 같은 그녀의 손이 누군가의 손을 붙잡는다. 서로가 갈 길을 아는 기차처럼 한참 시들은 눈물을 게워낸다. 으르렁대는 지린내와 함께 세상 끝 번호표를 기다리는 흰 늙은이들, 등에 지고 온 구름들을 하나씩 내려놓고 노을 속으로 다시 떠나갈 짐을 꾸린다.

그녀의 손은 푸른 지전을 받아들고 잠시 안도의 숨을 쉰다. 내일도 몇 장의 구름을 주겠다는 그녀의 늙은 친구는 늘 검은 눈물을 흘린다. 늘어진 해는 기진맥진 창에 걸려 있고 찐득한 살 냄새 바닥에 뒹구는 거기, 벽시계 속에 걸려 있는 이 빠진 시간들이 그녀의 잠과 맞물려 돌아간다

비상구

눈이 있던 자리에 잡초가 무성하다. 눈알은 소문의 계단을 오르내리고 거울 속 코는 비대칭으로 일그러져 있다. 휭한 바람이 코의 동굴 속을 빠져나와 한 무리의 빨간 여우를 만들어 낸다. 거울 속에 차려진 검은 구름들 사이로 붉은 짐승들은 게걸스럽게 바람을 먹어 치우고 입속으로 몰려 들어간다. 긴 꼬리가 입가에서 흔들거린다. 내장과 내장을 물어 뜯으며 몸속 길을 지우는 벌건 대낮,

붉은 여우는 시간을 삼키고 거울 속 흔적을 뜯는다. 바깥세상으로 열려 있는 창문은 충혈된 채 너절한 먹이를 담고 있고, 챙이 넓은 모자 속에 가려진 햇빛은 어둠인 듯 졸고 있다. 벽에 걸린 한낮의 추상화는 빛이란 빛은 모두 거울 속에 가둬놓고 사육한다.

해체되어 버린 팔다리가 거울 속을 뚫고 나온다. 버려진 퍼즐 조각들이 공중을 날아다닌다. 입술을 파먹는 여우의 눈빛이 거울을 깨고 거울 뒷면으로 숨는다.

세 겹의 재

대패에 썰린 남의 살
숯불의 혀로 재가 되려
끝도 없이 엎질러지는 살점들
철판 밑에서 불타는 험담
몸에서 잘려나간 머리통은
속없이 웃고 있겠지
피부의 한 점까지 모두 내준 채
맹렬하게 불판 위에서 지글지글 춤추고
집게의 권력을 향해
썩는 냄새로 대항하는
넥타이를 맨 목살

이곳을 나가려는 삶
이곳을 들어오려는 살점들이
지독한 상자에 갇혀 들썩이는
주민등록증을 가진 영혼과
천장에 달라붙은 짐승의 단말마
형광등 밑에서 어설프게 악수하는
식육식당, 간판 언저리

캐묻듯이 뱉어져 있는 오도독뼈

한때는 아름다운 몸 농염하게 흔들었을
그 무엇도 될 수 없는
육신의 조각들이
비로소 재가 되는
와자지껄한 화장장火葬場의 시대

수상한 구멍

무쇠 냄비는 밑바닥이 슬프다

아주 오래된 철길
길의 힘살 풀어지고

울음이 울음을 불러
끓어 넘치던 안간힘

기적 소리 옆구리에 치명적으로 달려들고

꼬깃꼬깃한 목소리들 한데 엉겨
사투를 벌이던
주점의 늙은 밤
늪에서 스멀스멀 피어나는
입김들

쇠붙이도 날개가 있을 거라고

어쩌면 솟아오른 불길에 구멍을 뚫고

이름 없는 별을 낳은지도 모른다

파다오
파다오
내장을 후벼 파는 별의 씨앗들

바글바글 끓는 못들

스르르 새나가는 가난한 가장들
나프탈렌들

텅 빈 냄비 속
고요하다

풍력발전소

내 바람은 맨발로 뛰어다닌다.

들이박기 위해 뿔을 겨눈 황소처럼
노래하지 못하는 바람들
공중에서 흩어진다

네게 닿지 않으면 태어날 수 없었던
한낱 한줄기
바람을 기르는 압력 속에서

다시 바람으로 태어나는
겨울 한복판

어떤 바람은 떠나고, 어떤 바람은 남아
더는 쓸쓸하지 않겠다
날개를 달고 가속으로 미끄러지는

속력과 떨림으로
땅속에 뿌리를 내리는 거대한

외다리 의자

상처가 꽃이 될 때까지
돌고 도는
바람의 생채기

푸줏간집 여자

핏기 어린 형광 불빛 아래
지방 덩어리 그 여자
앉은뱅이저울에서 쓰러진다
사백 그램의 조촐한 무게가 소리를 내자
눈금 파르르 떨린다
냉동된 주검들이
허기진 입술들을 위하여
한 줄 갈고리에 매달려 있다
썩지 못하는 영혼이
지하상가 푸줏간에서 헛돌고
따끈한 내장이 마른 사랑을 마시며
검은 비닐 속으로 끌려 들어간다
아물지 않은 물렁뼈가
살벌한 형장으로 끌려 걸어나가고
비릿한 암내를 흘리며
살아남은 자의 입덧을 기다린다
속살 깊숙이 찌르는 창백한 불빛이
이승의 뒤안길에서 출렁거린다
핏빛으로 날 선 칼날에

기름진 여자가 잘려나간다

사창가 쇼윈도우에 여자가
부위별로 앉아 있다
발효되지 않은 표정으로
지나가는 자정의 소매를 붙든다

구포 개시장

모든 것은 지나간다. 부픈 밤도 가라앉고 가로등은 햇빛을 삼킨다. 어느 짐승의 호흡 같은 공기가 늙은 나무를 감싸는 거기, 온몸 불타던 기억들 일제히 피어오른다. 몸에 맞지 않는 헐렁한 옷을 걸친 노인, 벤치에 앉아 흐릿한 눈을 굴린다. 목을 죄어오는 바람을 맞고 서 있는 나무들, 찢긴 빈 가지가 사람들의 눈 속을 파고든다. 석고상처럼 무기력하게 앉았거나 서 있는 노인들과 헐벗은 가로수 사이를 성큼성큼 걸어가는 낮달, 신호등을 건너가는 한 무리의 바람 떼를 끌고 가 비좁은 시장통 골목 끝에 풀어 놓는다. 장바구니에 쑤셔 넣은, 아직 식지 않은 개의 오장육부에서 온기는 향처럼 피어오르고, 노인은 팔려나갈 개의 눈빛을 애써 외면한다. 창살 안, 겁에 질려 짖지도 못하는 먹먹한 울음이 질척한 시장바닥을 빠져나와 지나가는 낮달의 귀를 두드린다. 시끌벅적한 대낮, 구름도 자취를 감춘 겨울 하늘에 슬픔 하나 혹처럼 매달려 있다. 움직이지 않는다.

지붕 위의 개

겨울 햇살 투명하게 휘어진 골목
공허한 잿빛 눈 으르렁거리며
텅 빈 길, 익어가는 침묵 속 버려져 있는
흉측한 짐승
철거될 하늘 아래 떠돌며
누군가 버리고 간 구두에 코를 박고
무성하게 자란 먼지, 검은 몸뚱이
질질 끌며 냄새나는 쪽을 향해 다리를
절룩거린다. 한때는
한 솥에서 끼니를 나누던 식구들의 굳은살
네 발바닥 촘촘히 박혀있고
병든 눈동자에서
질긴 세월의 분비물이 흐를 때
문짝 떨어진 장롱과 함께
너는 폐기처분 되었다
그래도 삐거덕거리는 짐꾸러미에 앉아
물기 어린 눈으로 쓰레기 더미를 쳐다보며
어딘가 마지막 틈새가 있을 거라는
불행한 희망은 짐차의 바퀴가 쓸고

허공을 비비적거리는 햇빛의 반점
유기된 짐승의 뼈마디를 짓누른다
몸 구석구석 박힌 박테리아는
그리움
빈집, 짙은 그늘에 웅크린 채
눈매 순한 별 하나 기다린다

울타리

누군가 잠든 거리의 솔기를 뜯는다. 낡은 타이어의 비명이 창문을 흔든다. 검은 시간이 으르렁대는 소리, 망가진 잠을 걷고 일어나 창밖을 내려다본다. 평온한 정적을 먹어 치운 포만으로 쓰러져 흐느적거리는 차 한 대. 구급차 사이렌 소리가 어둠 귀퉁이를 찢어도 별똥별 꼬리가 지나간 듯 순식간에 어둠은 제자리를 잡는다. 검은 도로 위로 뚝뚝 떨어지는 가을의 찬 기운들. 창들은 허공에 푸른 뺨을 대고 눕는다. 그들처럼 쉽사리 잠들지 못하는 밤, 흐린 공포가 가수면의 수면 위로 첨벙거린다. 문득 옆문을 밀고 들어 온 안개가 이불처럼 펼쳐진다. 바스락거리는 발 틈으로 흰 장화를 신은 불행이 스멀스멀 기어들어 와 단단한 울타리들을 물어뜯는다. 우중충한 의문 부호를 찍으며 한 조각씩 허물어지는 삶의 영역들. 아직 창문에 매달려 떨어지지 않는 비명 여전히 날카롭다.

3부

요양원

어둠에 걸려 넘어진 나무그림자들 병상에 누워 죽음의 발톱을 세우고 그들의 뼈다귀를 뜯기 시작한다. 가습기에서 뿜어져 나오는 눅눅한 눈동자들 사방 벽에 흘러내리고 수상쩍은 쑥덕거림 문틈으로 새어 들어온다. 거리에는 떼 지어 다니는 개들이 서로의 몸속으로 파고들 때, 불멸의 그녀는 지하의 알 수 없는 신호음에 괴로워한다. 간혹, 마지막 순간을 기다리는 텅 빈 눈, 누군가의 움푹 팬 손바닥 안에서 좀 벌레처럼 웅크린 죄를 고백한다. 바나나 껍질처럼 버려져 있는 진이 다 빠진 그녀, 아침은 영영 오지 않고 노끈으로라도 잡아맬 수 있다면 칭칭 감아 또 다른 생과 접붙일 텐데. 옷걸이에 걸어 둔 모자와 외투, 구두 속까지 뒤져보고 싶은 한 가닥 희망, 두 줄기 끈이 주르륵 흘러내린다.

테러리스트

비가 오고, 총알이 쥐의 몸통을 훑고 나온다. 모든 것
이 다 젖어 있던 날. 짓이겨진 쥐의 이빨에서 독설은 새
어 나온다. 테러리스트의 호주머니에도 빗물 출렁거리
고 죽은 짐승의 이마에는 아직도 비가 채찍질을 한다.
전신주들, 나무들 물구나무서며 땅바닥에 고여 있는 소
문을 핥고 찍찍찍 사람들의 말을 갉아 먹는 소리는 구름
으로 피어오른다. 눈꺼풀이 없는 푸른 두 눈이 으르렁거
리는 막다른 골목, 빛들을 질식시키는 시궁창에는 알 수
없는 문장들이 매장되어 있다. 비곗덩어리의 말들이 썩
어가는 하수구, 으깨어진 말들을 검은 시선들이 낚아채
는, 더는 말이 존재하지 않는 가슴 틈새로 비명이 일어
선다. 테러리스트는 햇빛이 감금된 입속에 덫을 놓는다.
문장과 문장은 서로 할퀴며 피를 흘리고 주워담지 못할
상처가 뒹구는 기하학적인 혓바닥, 그는 그 진창에 아름
다운 구멍을 뚫는다.

소문

　새가 물어다 놓은 수수께끼는 바람에 흩어졌다. 민들레 홀씨처럼 퍼져나간 너와 나의 은밀한 옹알이는 혀에 서식하는 두꺼운 이끼와 꽃을 달고 세상을 떠다닌다. 밤은 죽어 새벽이 오는 사이, 우리가 허공으로 난 계단을 오르고 또 오르는 사이, 혀끝의 그림자는 점차 길어지고 길어졌다, 입속의 붉은 늪에서 사람들은 허우적거린다 습지가 끓인 안갯속에 악다구니들 낮게 날아다니며 진실을 파먹는 동안, 밤의 벽에는 바지춤에서 흘러내린 소문들을 사냥하는 눈들 총총 박힌다　혀를 숭배하는 불나방과 하루살이들 불빛으로 모여들 때 수초 사이를 헤집고 뿌옇게 올라오는 욕설들, 혀의 비늘들. 목 잘린 말들이 둥둥 떠다니는 주름 잡힌 밤의 바람 소리 사이로 별도 컹컹 짖는다.

꽃피는 저녁

낮달 비스듬히 기운 쪽에서 황혼이 온다
잉크빛 스멀스멀 등 뒤로 기어오르고
전신주들 하늘을 받치고 있는 시간
빈방에도 날카롭게 직립한다
거미들 차가운 공기를 피해 몰려들며
지나가는 풍경에게 시비를 걸 때
나는, 차츰
피사의 사탑처럼 어둠에 몸을 기울이며
밑도 끝도 없는 문장으로
시간에 관한 조서를 쓴다
땅바닥에 낮게 깔린 구름떼
끈끈한 악몽 속으로 도망치고
고장 난 시계는 끝내 바늘의 배후를 말하지 않는다
말 붙일 사람 하나 없는 정적
사방 벽에 피어오르는 익명의 꽃들과
바닥에 우글거리는 컴컴한 낱말들
관자놀이를 옥죄고 앉아
제멋대로 상처를 줄였다 늘였다 하는
한때는 즐거웠던 소문들

거미들 입을 벌리고
다시 줄을 타는
밝지도 어둡지도 않은
흑백의 실루엣으로
막, 꽃의 모가지를 꺾으려는 저녁
슬픔을 꽉 물고 있는
꽃의 눈
하늘 가운데 걸려 있다

자정의 노래

목덜미에 쭈그려 앉은 어둠을 숨긴
나무들은 제 그림자를 믿지 못한다.
잎사귀마다 얹힌 녹슨 별빛
작은 바람에도 힘없이 지워지고

낙엽, 죽은 화살표는
대학병원 영안실로 걸어간다

뼈를 쓰다듬는 빈소
대답 없는 이들에게
마이크를 들이대는
지상의 마지막 노래방
두꺼운 혈관에서 솟아났던 비명이
벽에 부딪히고 흐느끼는
촛불의 노랫말들
조문객을 부르는
살아 있는 시간들의
눈물 한 자락

옆 건물 공중화장실에선
신생아의 희미한 노래가
검은 비닐봉지로 들어가는

아무 일도 일어나지 않았다

쓰레기통에 버려진
누군가의 유언을 훔쳐 물고
도둑고양이는 무심히 어둠 속으로
사라져버린다

아무 일도 일어나지 않았다.

달

어두워지는 숲으로 빛이 흘러내린다.

질문이 담겨 있는 얼굴은 매일 같은 궤도를 돌고. 꽁무니를 따라다니는 시선, 머리부터 발끝까지 나는 그의 용의자다. 몸 구석구석을 훑어내리는 빛.

실험용 흰쥐는 유리 상자 안을 초조한 눈빛으로 돌아다닌다. 그림자 깊게 만든 젖은 눈을 뽑아 비이커에 넣어 흔들고, 쭈글거리는 간을 빼서 빨랫줄에 널어 두는 밤. 슬금슬금 지하 계단으로 미끄러지는 둥근 빛줄기

날마다 나를 촬영하는 창백한 빛은 내 외로운 어깨를 파먹고 차오른다. 사람들 속에 뿌리를 묻고 공중으로 꽃을 피우는 그, 오늘은 울고 있다. 추락 혹은 궤도이탈을 꿈꾸는 것인지 자꾸 젖은 빛을 게워낸다. 내가 하필 계수나무에게 무어라 중얼거리고 있을 때.

빈방 시계처럼 걸린 그는 어둠을 돌린다. 작두날 위에 있는 오늘, 시들고 악취 나는 시계 속으로 걸어가고 너는 허공에서 나는 여기서 낡은 공을 굴리는 것이다

벼랑

억새는 잿빛 구름을 뒤집어쓰고
마을로 내려와
지상의 지친 나무들로 파고든다
비가 먼저 도착한 젖은 길들
시든 안개 구불구불 기어가는 미로
입을 꽉 다물고 있는 대문들
거미줄 쳐진 입들이 우체통에 봉인된 채
푸석한 바람 공중제비를 돌고 있다
흰 머리 휘날리며 마구 달려온
실업의 사내들
정상의 기억 내려놓고
아래로 미끄러지는 구름 떼
붉은 신호등 앞에 멈춰 선
희망 없는 늦은 오후를 걷어찬다
그의 등에 새겨진 문자들
후드득 땅바닥에 쏟아지고
책 속에서 걸어 나온 허깨비 같은 신앙들
허름한 방으로 하나둘씩 들어가고
단호한 자물쇠를 채운다

도처에 억새떼 몰려다니는
꼬깃꼬깃한 수요일
앞문으로 탔다가 뒷문으로 내리는
자명한 버스를 기다린다

별

그를 드러내 줄 단서는 어둠
암흑의 다리를 건너가는 발광들
낡은 희망의 아이콘
검은 이불에 수놓아진 무늬들

반짝인다 깜빡거리는 슬픔의 화석들
총총
내 일기장이 보관된 물고기자리를
헤엄치는 시들어버린 시간들

어둠, 더는 어둡지 않아
낯선 동네 골목
더듬더듬 길을 찾는 늙은 별 하나
지나간다

밤새도록
온 밤 다 새도록

마이너스 통장

마이너스 계좌는 사막이나 모래산
바람이 갉아먹고 있는 중
때로는 파도가 핥아 먹고 있는 모래언덕
청구서가 지나간다
납입, 발자국이 찍히고
모래알갱이는 흐른다
나는 습기에 젖은 숫자를 떼어내며
모래벽을 판다
그 자리다, 다시
끊임없이 움직이는 모래
채무의 변주곡
살갗을 침식한다
자고 나면 모래 구덩이
사다리는 사라지고
통장 속으로 감금되었다
다시 그 자리
페이지 마다 벼랑마다
사타구니 속으로 파고드는 모래
구멍 속으로 밀어 넣는다

비상구는 어디에도 보이지 않는다
이월되는 잔액, 제로에서 무너진다

링

네 기둥에 묶인 심장. 송곳니를 드러내고 거실에서 으르렁거리는 사내. 제복 입은 가구들을 두드린다. 시커멓게 말라죽은 폐와 늑골 사이 검은 언어가 소리 없이 피고, 커튼 주름은 깊게 패인다. 누추한 빛은 더는 달라붙지 않을 때 팅팅 불은 저녁 공기가 입술을 핥으며 낡은 사내를 때린다.

함부로 벗어 놓은 신발들, 사각의 링으로 올라와 컹컹 짖는다. 서로에게 중독된 혀들이 오늘은 지지직 교전을 하고, 벌건 내장에서 올라오는 육두문자가 사내의 목을 감고 양다리를 꽁꽁 묶는 밥상 앞. 한 솥에 코 박으며 밥을 수혈하던 적들, 서로를 향해 맹렬하게 물어뜯는다. 딱딱한 사랑을 물고 입안 가득 저주를 내뱉는 동안, 폭발물을 매달고 서로에게 질주하는 오토바이. 순간 퍽 튀어 오르는 고독이 바닥으로 고꾸라진다.

꺼져버린 텔레비전 화면에 응고된 눈물이 매달린 채 헐떡거리고, 엎질러진 복서들은 식어가는 가족사진 앞에서 탄피 같은 눈빛을 쏘아댄다. 끈적한 침대 발밑에서 부서지는 짐승, 수상한 구멍 속을 돌아 나간다.

껌

입안 가득 고이는 삽화들

통통한 살점 혓바닥에 올려놓고
잘근잘근
툭툭 터지는 달콤한 비명
찢기는 단맛의 블라우스

오늘은 너를 터트리겠다

스티로폼처럼 가벼운 입술
윗니와 아랫니 사이 파고드는 괴담
마구 헝클어진 억측
목구멍까지 삼킨 아직 못다 한 뒷담화

덜 익은 말들, 풍선으로 부풀어 올라 불끈
팡팡 터지는 흉문들

오늘은 너를 씹겠다

무턱대고 트집을 잡는 게임의 법칙
군침 퍼 올리며 누구나
헐뜯거나 공격할 수 있는
어금니의 악력

갈래갈래 늘어난 넋두리
입속에 나팔수를 도열시키고

이빨에 부딪히는 사람들
물집처럼 터트리며
나의 립싱크 단물이 빠지면

언제나처럼 나는 너를 뱉겠다
퉤퉤

혼자 사는 여자

건물과 건물 사이 섬이 떠다닌다. 무릎까지 눈물이 차
오르는 오후.
　유리벽에 박힌 늦은 낮달, 너덜거리는 겨울의 이마 위
로 바람 미끄러지고

악몽을 베고 잔 그녀의 입에서 벌레는 들끓는다

벌레, 문을 박차고
사람들 사이로 스며든다
굳게 닫힌 문틈을 빠져나와
구름을 풀어헤치고
난파한 배를 끌고 간다

구급차가 골목을 헤집는다
이웃들이 재배되는
어둠, 낮게 깔리고
그녀의 처형 소식은 배달된다

그녀의 얇은 잠에서 스르르 풀려나오는 죽음

주검과 동침하는 나날의 무늬 새겨진 자리
그녀의 거울이 있다

거울에서 반사된 왜곡된 빛이 유배된 방을 비춘다

찌그러진 맥주 캔, 사라진 거품
한 번도 담아내지 못한 그릇의 공허
유서로 펄럭거리고

사람들 입안 가득 거미줄을 친다

4부

현미경에 관한 편견

껍질 속에 들어 있는
우스꽝스런 질문에 관한 노크

조율 안 된 피아노 소리 들린다

찢긴 살 속을 들여다보는
탯줄 떨어지지 않는 사나이

함부로 벗어 놓은 바지를 들춰보는
당신의 관음증

확대된 양파 속엔 양파 아닌 것들
가득하다

흐느적거리는 누명
둥둥 떠다니는 기호들
고슴도치가 웅크리고 있는 그녀

렌즈의 문을 여는 순간 그녀는 사라지고

친절함이 노련한 거짓말이 되는 순간,
새로운 얼굴이 솟아오른다

동공을 확장할수록
속살은 유머로 대꾸하고
진실은 공중분해 되는
해부의 미학

양파, 그녀는 끝까지 베일에 싸여 있다

녹슨 지구본

끊임없이 아침이 재생산되는 지점,
눈 속을 밀고 들어오는 냄새, 뾰족하다

누군가의 타전을 받기 위해 군림하는
먼지들, 허공에 부유하는 압정들이 여름비처럼
쏟아지는 아침의 난간

굳게 닫힌 문 속에 자라나는 바늘
오른쪽에서 왼쪽으로 걸어가는
단정한 리듬을 본다

벽에 걸린 담쟁이의 본능
모든 것을 지우며 세계의 빈틈을 휘돌아 나가는지
덜컹거리며 쓸쓸히 녹슬어 가는 지구본
밑도 끝도 없이 혹성에 뿌리를 내리고
푸른 악취에 경배하는 날들이여

두툼한 침묵이 담겨 있는 구멍 난 별
혁명은 시들어 버렸고

공명통을 울리는 검은 시간
번식하는 허기의 냄새

둥근 사다리를 타고 오르는 유령
바퀴살을 돌리는 저 집요한 편견
공중으로 투신하는 불멸의 비린내들

바늘의 씨앗들, 방 안 가득 활활
식상한 햇살이 출렁출렁
하루는 결코 단종되지 않는다

아름다운 나의 대왕님

나의 푸른 하느님은 늘 전지전능하시다. 목삼겹살과 비닐봉지, 허기진 뱃속에서 자맥질을 하는 퍼즐 조각들. 삿갓구름을 피워내는 꽃과 나비들을 부른 후 계산대 가득 올라앉은 욕망들을 단번에 영수증으로 바꾸어 내뱉어 버린다.

늘 나의 언어를 대신하신 푸른 대왕님, 유방에 달린 빵과 다리 한 짝을 쇼핑백에 담고 네온사인 속으로 걸어 들어간 대왕님, 종양처럼 피어 오른 별들 새벽보다 빨리 온 조간신문이 지우지만

사회면에 덧칠된 검은 얼룩들 속 나의 대왕님은 앞면과 뒷면이 다른 종이 대왕님, 사채업자에 시달린 가장의 유서에 모자이크 처리하는 오늘은 한때 흐리고 비 그 옆

성형외과 건물에서 수없이 많은 내가 구워져 나오고, 나를 향해 깃발처럼 펄럭이는 대왕님. 성은이 망극한 아름다운 나의 대왕님.

길을 자르다

평화도매시장과 현대 백화점 사이로 시곗바늘이 걸어
간다
바늘이 멈춰진 지점은 중고 전파상,
백화점에서 밀려난 전자제품들이 하품하는 동안
부러진 안테나가 끊어진 세상과 수신을 하고 있다
바늘은 돌아간다 오후 4시 5분 지점
좋은 문화병원과 어깨를 나란히 두른 소방서, 의료기
옆에 천 냥 하우스, 옆에 옆에 한진 마네킹
그 앞에 리어카, 그 뒤에 25시 편의점
동양생명 건물이 끝나는 지점에 마지막 세일이 펄럭
인다
5분 흘렀다 건물과 건물 사이 지하철 2호선이 흐른다
잠시 주춤거리는 바늘은 삼류극장 부근에서 태엽을 돌
린다
두 편이 동시상영 중이다 플라타너스는 앞에서 관객몰
이를 하고
각질이 온몸에서 피어나고 있었다
차단기가 내려진다 기차는 잘 닳아진 소리를 내며
현대백화점으로 들어간다

기적 소리는 백화점이 꿀떡 삼키고 시치미를 뗀다
U-턴, 바늘이 거꾸로 돌고
거리에 진열된 사람들이 뒤뚱거리는 비둘기를 붙든다
달팽이 걸인이 천 원어치 노래를 팔고
육교 밑에서는 속옷이 거래되고 있는,
바늘은 가라 분침도 가고 시침도 가라
평화시장 입구에선 완강하게 바늘의 출입을 막아서고
현대 백화점 로비는 건전지들이 북적거렸다

스토커

그림자가 무릎 밑으로 자라고 있다면 스토커가 몸속에
낮잠을 자는 것이다

미처 관으로 넘어가지 못한 유령이
발밑을 서성이는 무거움이거나
창백한 배경

바닥에 누운 나의 실체는 내 안에 고스란히 갇혀 있고
주파수에 응답하는 튜너처럼 고여 있다

동전의 앞면과 뒷면으로
내 등 뒤에 거처하는 복제품

내가 굴절된 오후 한때
유물처럼 누워

눈코입이 녹아내린
벌건 내장이 어느 별이 되었을지도 모르는
나의 실루엣

보도블록에 낭자하다

알리바이가 꼬리에 꼬리를 물고 쫓아오고

그 어떤 주장도 담겨 있지 않은
나의 유적지

불 꺼진 나를 추적 중이다

압정의 형식

깊게 발을 넣을 수도 뺄 수도 없다

너의 수액을 빨아들인 벽의 심장이
빨간 신호를 기다리며 서 있다

너는 납작 엎드리겠다는 표정으로 밀고 들어오지만
벽은 코웃음을 친다

더는 쓸쓸해지지 않으려고
흉기처럼 햇빛을 고정해 보지만
누군가와 함께 사는 일은
물구나무서기다

짧은 만남, 쉬운 이별이 전제되어야 한다

너의 물기 없는 목소리로
한꺼번에 사랑을 하는
즉석 만남

너는 못의 권리처럼 박혀있고
벽은 흠집을 메우고 있고

모든 게 미끼였다

하이힐을 믿는 순간
뒤꿈치에 자라나는 맨홀
어쩌면 굽의 잠꼬대에서 비롯되는 아침

모빌처럼 떠 있는 구름에
또 속는 중이다

땅속에서 올라오는 새싹의 굽
바람이 건드리면
씨방의 서랍 속에서 법칙이 스르륵 열리고
이파리의 리듬이 생기고
가끔은 비의 폭력,
지상의 주소가 태어난다

사라지지 않는다면 필 이유도 없다

오늘이 돌아오듯,
굽으로 들어가 뜨거워지는 시간

벽돌 틈새로 다리를 내미는
박물관 유물로 남아있는 시간들
삼월의 뒤꿈치에서 수납할 거라는 사실

그래서 아름답다 말할 수 있다

사라지기 위해
봄의 힐을 신고 팡팡 터진다
팝콘처럼

천국의 김밥

급발진하는 도로 곁 건물들
소스라친다

빛나는 간판들로 움찔거리는 새벽,
술이 덜 깬 행인의 어깨가
비루하다 편의점 불빛
초라하게 새어나오는 거리

여전히 술 취한 여명

쓰레기를 먹고 있는
포만한 고양이와
환율 계속 떨어지는 익명의 아침

종이 가방 든 일행은
24시간 가동되는 식당 문을 밀고 들어 온다

가벼움의 아이콘
김밥이 무기인 도시

후줄근한 뱃속으로

무지갯빛 양식을 장전하는 사람들
맵고 뜨거운 라면을 들이켜는
제복 입은 아이들

권태로운 단무지 속으로 기어든다

무엇을 훔칠 수 있을까?
단 하나의 창문도 갖지 못한 아이들
검은 시트 위에 뒤엉킨
여러 색깔의 서민들

모든 것이 변명이 되어가는
여기는 천국

자전거 여행

어제의 바람은 오늘에서 복사된다

묵주처럼 이어진 오늘의
톱니바퀴 사이로 맞물린 구름
너덜너덜한 바람을 지상에 흘리고

목구멍을 파고드는
내 낡은 눈알
찢어진 여행안내서

사용설명서를 잃은 지 오래다

목적지는 잿빛 그림자 너머 흔들리고
눈동자엔 텅 빈 길뿐
으르렁대며 덤벼든 시간
허름한 방에서 굳어져 간 혓바닥

낯선 오지의 햇빛은
허물어진 담벼락에 부딪혀 흩어지지만

부서진 페달을 멈추지는 못한다
늘어진 해
늘어진 그림자들 쪽으로

내비게이션 버리기

쓱 지나쳐 버린 길, 뒤로 누르기 버튼도 없는 길이다
다시금 속도를 늦추고 왔던 길로 돌아가야 해
우회전 신호가 떨어지고 길은 다시 만들어 진다
눈에 장착한 내비게이션 … 이제는 그녀가 뛰어 간다
입력된 목적지를 향해 얼굴에선 지도가 그려지고
과속으로 달리는 길에 날 선 음성이 끼어든다
몇 발자국 떼지도 못했는데 여자는 계속 잔소리를 한다
전방 300미터 앞에 몰래카메라가 숨어 있다는 제보다
수다스럽다. 귀를 쪼아댄다
전방 500미터, 고속도로

갓길은 보이지 않는다
브레이크 없는 길,
여자의 안내방송은 시작된다
길을 만드는 여자, 좌회전의 계시를 내리는 여자
길마다 앞을 막아선다
길 위의 길을 생중계 한다
AS를 받아야 해
여자의 목소리를 버려야 해

아직 한 번도 가본 적 없는 길로
뛰쳐나가야 해
혼자서 가야 해

호스트

아름다운 그녀, Y를 팔기 시작했다. 66에서 44사이즈
로 혁명한 여자, 장기 무이자의 할부는 없었다. 온몸에
프라다를 감은 여자를 카메라가 핥아 준다. 등급은 LA
갈비 수준이라는 보이지 않는 멘트가 화면 틈새에 박혀
있다. 단 한 번의 세일도 없을 거라고 쇼호스트는 협박
을 했지만 상품은 이미 세일 준비 중. 그녀를 사고 싶은
충동구매는 연봉이다. 그녀는 패스트푸드처럼 앉아 소
비자의 입맛을 꼬드긴다. 평범한 재료를 사용하지 않았
다는 그녀의 프로필이 컨베이어 벨트를 타고 흐른다. 그
녀의 눈이 의문부호를 그리며 미소를 날린다. 웃음은 할
인되었다. Y는 이미 프랜차이즈화되었고, 곧이어 데릴
사위 상품이 방송될 예정이다.

제8호 전당포

서울대공원은 늑대의 상상임신을 막지 못했다. 커서를 밑으로 내렸다. 개 위에 고양이, 고양이 위에 쥐 두 마리. 모니터의 문이 열리자 저당 잡힌 말들이 쏟아졌다.

365일 일요일 없는 이 가게는 25시 편의점. 자판기로 밀어 넣는 담보물들은 언제 찾을지 기약이 없다. 커서를 밀었다. 차례차례 밀었다. '관람객을 돼지고기처럼 진공포장'과 '육고기의 심정'이 같이 떠다녔다.

내 맘대로 열리는 세상은 닥치는 대로 소문을 사들였다. 반나절만 지나면 삭제될 황사와 흙비 주의보가 열심히 뛰어다녔다. 아리랑 1호가 오늘 안락사 되다 에 화살표가 멈춘다. 다운이다. 일시 영업정지다. 문을 두드린다. 맡겨 놓은 아이콘들이 뜬다.

주인은 새롭게 부팅한 얼굴로 고객의 아래위를 훑는다. 검색하는 눈빛은 재빠르다. 마을 주민들을 공포로 몰아넣은 깡패 원숭이가 잡혔다. 인도. 머피의 법칙. 재수 없는 하루가 상냥하게 기다린다.

노래하는 돼지, 껍데기

달구어진 저녁 모퉁이 프라이팬 위에
지글거리며 웃어대는
비곗덩어리 당신의 살점
타다탁 기름을 튀기는
당신의 거죽

닳을 만큼 닳은
짖을 만큼 짖은 당신의 충고
노릇노릇
소주 속에 고여 있지만
당신의 체념은 아직 이르고
나는 여전히 성마르고 급하다

젓가락 사이로 흘러내리는 전생이
오래전에 잃어버린 유서를 적시는 동안
당신의 비열한 눈웃음
당신의 우스꽝스러운 꼬리로
내 허기진 영혼을 달래지만

내 어리석은 굶주림을 향해
방언처럼 터져 나오는 당신의 육성

껍데기는 오라
부디 이곳으로
두텁고 기름진 껍데기의 시대여

비만한 식욕으로 몸을 채우고
반전 없는 결말에 순응하며
더러운 테이블 위로 코를 박게 하라

식어가는 한밤중의 거리 모퉁이를
뒤뚱뒤뚱 앞서 돌아가는
뚱뚱한 현대

살점 한 점 껍데기 한 입
내주지 않은
아름다운 당대의 뒷모습

해설

세계의 절단면에 새겨진 혁명의 악보

박 대 현(문학평론가)

　양아정은 세계의 풍경을 매우 기괴하게 그려낸다. 시인의 시집 전체를 일별하면, 그가 그려내는 세계란 일상의 풍경에 근거하고 있음에도 불구하고, 매우 기괴하고 낯선 이미지로 가득 차 있음을 발견할 수 있다. 시인의 언어적 변주를 통해 이 세계는 어느덧 묵시록적 세계로 우울하게 전락하고 말며, 시인이 그려내는 세계는 마치 신체의 절단면을 보여주는 듯하다. 이 세계의 신체는 어떤 모습이 진실한 모습인가. 톱날에 절단된 면이 실재인가, 아니면 신체 기관들이 온전히 접합된 모습이 실재인가. 라캉이 '신체'를 일컬어 게슈탈트(Gestalt)에 근거한 나르시시즘적 이미지라고 말한 바 있듯이, 신체에는 우리가 미처 파악하지 못한 실재계적 이미지가 잠복되어 있다. 다만, 우리는 원하는 것만을 볼 뿐이며, 그 외의 것은 억압하고 만다는 사실을 상기할 필요가 있다. 이를테면 외과 수술대에 오른 우리의 신체를 상상해보라. 그것은 우리가 알던 신체가 아니다.

인간이 가진 인식틀의 한계는 세계를 대상으로 할 때에도 마찬가지로 적용된다. 우리에게 비친 세계의 모습은 하나의 거울상으로 작용하기 때문이다. 이 세계는 우리에게 매우 친숙한 것이지만, 반면에 낯선 것이기도 하다. 우리 신체가 우리에게 익숙하면서도 매우 낯선 것이듯이. 세계는 우리에게 폭로되지 않은 실재의 모습을 내장하고 있다. 익숙함과 낯섦의 충돌 속에서 기괴함이 발생한다. 프로이트는 그것을 언캐니(uncanny)라고 명명했다. 프로이트에 따르면 언캐니(uncanny)는 "오래전부터 알고 있었던 것, 오래전부터 친숙했던 것에서 출발하는 감정"이다. 그러니까 언캐니는 친숙하고 익숙한 대상의 억압된 실재가 회귀할 때 발생하는 감정이다. 따라서 시인에게 기괴한 이미지는 이 세계의 억압된 실재에 닿고자 하는 충동의 산물이며, 양아정 시인은 바로 이러한 충동을 시적 사유의 기저로 삼는다.

온몸에 칼이 돋아난
당신의 혀는 나를 난도질한다

피투성이
너덜너덜해진 살덩이가 벽에 걸린다
바람이 사용설명서를 묻는다

아버지 나를 말려주세요

시든 꽃처럼 마르고 또 말라
다시 피어나지 않게요

갈기갈기 찢어진 나를
휘휘 허공에 흩어버리고
재떨이에 쌓인 꽁초들 속으로
고개를 떨구며

링거병 노란 수액 속으로
돌아눕는 늙은 제왕

당신은,
호시탐탐 날을 일으켜 세우며
무뎌진다
죽음 쪽으로 날카로워진다.

당신의 눈에 무성히 돋아나는
이빨들
녹슬어가는 한 자루의
톱

- 「톱」 전문

아버지는 물론, 세계다. 세계는 '나'를 난도질하며, 갈기갈기 찢는다. 아버지라는 세계는 "칼이 돋아난" "혀"를 지니고 있고, 그의 눈에조차 톱의 "이빨들"이 "무성히 돋아나" '나'를 자르려 한다. '나'에 대해서 이루말할 수 없는 폭력을 자행하는 이 세계에 대해서 '나'는 양가감정을 노출한다. '나'에게 이 세계는 이미 "녹슬어가"고 있거나, "링거병 노란 수액 속으로/ 돌아눕는 늙은 제왕"으로 비치고 있는 것이다. 한 마디로 그것은 증오와 연민의 대상이다. 이런 양가감정은 '언캐니'가 지닌 이중성의 구조와도 관계가 없지 않다. 아버지라는 세계는 친숙한 동시에 낯선 세계이기 때문이다. 아버지는 결코 죽일 수 없으나, 또한 죽여야만 하는 대상이다. 모든 인간은 그 중간쯤에 놓여 있으며, 결국 한쪽을 선택할 수밖에 없다. 시인은 세계에 대한 양가감정 속에 있으나, 결국 후자를 선택한다. 그럼에도 불구하고 세계를 향한 애착에서 결코 놓여나지 못한다. 이 긴장이 시인을 지배하는 근본적인 정조다. 세계와의 대결은 곧 세계에 대한 애착에서 비롯되는 것이다. 이 절묘한 긴장을, 시인은 '선반'의 이미지로 드러내기도 한다.

허공에 못을 박고 절벽을 써버린
한 칸의 자유

(중략)

흔들어도 떨어지지 않는
바깥으로 튀어나온 이 부적절한

나의 주소

벽으로
당신의 몸으로 스며들고자 한
한 점 은유로 남기 위하여

이젠 뛰어내려야 한다

늘 흔들리는
당신의 어깨에서

—「선반과 불륜」 부분

　세계와 주체의 관계는 위태로운 '불륜'이다. 관계를 지
속할 수도 끊어낼 수도 없는 애착 관계가 불륜이다. 그
러니까 주체는 "허공에다 못을 박고 절벽을 써버린/ 한
칸의 자유", 매우 무모한 자유 속에 있으며, 주체의 거주
지는 "바깥으로 튀어나온 이 부적절한/ 나의 주소"로 탄
식 된다. 그럼에도 불구하고 불륜은 파국으로 치닫는다.
세계와 주체의 관계는 "늘 흔들리는" 상황이며, 파국의
초입에 들어서 있다. 세계라는 "당신의 어깨"에서 투신
하는 파국. 하지만 그것 역시 "당신의 몸으로 스며들고
자 한/ 한 점 은유로 남기 위"한 행위로 귀속된다. 시인
은 이 세계 앞에서 불륜과 파국의 긴장을 느끼고 있으
며, 그것은 합일될 수도 끊어낼 수도 없는 이중구속 속

에 놓여 있다. 그러나 시인은 후자를 선택한다. 아니, 그
것은 전자를 선택한 것이기도 하다. 나르시시즘적인 세
계와의 결별을 통해 세계의 실재를 대면하고야 만다는
점에서, 그것은 결별과 파국을 통한 세계와의 진정한 만
남일 수도 있는 것이다.

어떤 선택이든 시인은 세계의 절단면을 들여다보고자
한다. 그때의 세계는 결코 이전의 것과 같을 수 없는 풍
경이다. 친숙했던 풍경이 기이한 풍경으로 회귀하는 것
이다. 세계는 낯설고 두렵고 기괴한 풍경으로 변신하며,
시인은 그 풍경을 매우 무겁고 어두운 묵시록의 언어로
그려낸다. 특히 신체 절단의 이미지를 사용함으로써 세
계의 신체 내부를 폭로하는 시적 효과가 지배적이게 된
다.

핏기 어린 형광 불빛 아래
지방 덩어리 그 여자
앉은뱅이저울에서 쓰러진다
사백 그램의 조촐한 무게가 소리를 내자
눈금 파르르 떨린다
냉동된 주검들이
허기진 입술들을 위하여
한 줄 갈고리에 매달려 있다
썩지 못하는 영혼이
지하상가 푸줏간에서 헛돌고

따끈한 내장이 마른 사랑을 마시며
검은 비닐 속으로 끌려 들어간다
아물지 않은 물렁뼈가
살벌한 형장으로 끌려 걸어나가고
비릿한 암내를 흘리며
살아남은 자의 입덧을 기다린다
속살 깊숙이 찌르는 창백한 불빛이
이승의 뒤안길에서 출렁거린다
핏빛으로 날 선 칼날에
기름진 여자가 잘려나간다

사창가 쇼윈도우에 여자가
부위별로 앉아 있다
발효되지 않은 표정으로
지나가는 자정의 소매를 붙든다

- 「푸줏간집 여자」 전문

이 시는 사창가를 푸줏간으로 바꾸어놓고 있는데, 사창가 여인의 육체를 푸줏간의 고깃덩어리로 묘사한다. "지방 덩어리" "냉동된 주검" "따끈한 내장" "물렁뼈" 등이 부위별로 전시된 공간으로 사창가를 변주해낸다. 비체화된 여성의 몸은 사창가를 보다 심각한 공간으로 접근하게 한다. 말하자면, 여인의 몸이 절단된 부위별로 진열되어 있듯이, 사창가라는 공간을 이 세계의 절단면으로 인식케 하는 기능을 수행한다. 이 절단면을 통해서 시인이 말하고자 하는 것은 무엇인가. 그것은 물론 이 세계의 급소이자 치부로서의 실재다. "자정" 한가운데를 지나가고 있는 이 세계는 암흑 그 자체다. 암흑으로 뒤덮인 이 세계의 절단면 가장 깊숙한 곳에 부위별로 절단된 여인이 놓여 있다. 여인의 육체를 절단시킨 것은 물론 자본의 칼날이다. 이 세계의 지배원리 가운데 자본만큼 잔혹한 것은 없다. 이념의 잔혹성을 이제 자본이 뛰어넘고 있다. 자본이야말로 이 세계를 지배하는 유일한 이념이며, 세계를 작동시키는 근본원리가 되고 있다.

프랑코 베라르디는 오늘날의 자본주의를 '유혈자본주의'로 규정하면서, 자본주의가 범죄의 체제로 변모했음을 간파한 바 있다. 즉, 국민총생산은 사람들이 흘린 피의 양과 사망자 수와 비례해서 증가한다는 것이다. 신자유주의의 경쟁 체제는 인간마저 비체화시켜버린다. 이 시에서 여성의 몸은 비체화의 극단에 가 있음을 알려주는 비극적인 지표다. 여성의 몸을 절단된 채로 묘사한 시인은 신자유주의 체제하의 필연적인 증상인 것이다. 그리고 자본주의 인간은 결국 타인의 살을 발라 먹거나 구워 먹는 존재에 지나지 않게 된다. "핏빛으로 날 선 칼날에/ 기름진 여자가 잘려 나"가고, "여자"는 이 세계 속에 "부위별로 앉아 있"는 것이다.

세계와 신체의 절단면은 세계의 폭력성을 의미한다. 유혈경쟁으로 내면화된 폭력은 세계의 일상을 지배하고 있으며, 누구도 부정할 수 없는 삶의 공리가 되고 있다.

"어제의 바람"이 "오늘에서 복사되"듯이, "묵주처럼 이어진 오늘의/ 톱니바퀴"(「자전거 여행」)가 세계를 지배하는 삶의 국면이다. 그 톱니바퀴의 규율은 유혈경쟁에 다름 아니다. 이 세계를 지배하는 유혈경쟁은 "누구도 거부할 수 없는" "사각의 율법"이며, 이 율법의 세계는 "뼈와 뼈 사이/ 살점 녹아내린/ 거대한 공룡"(「정글짐」)으로 끔찍하게 비유된다. 살점이 녹아내려 형해화된 이 세계는 정글짐과 다르지 않다. 유혈경쟁의 약육강식이 지배하는 이 세계는 "허공에 빨대를 꽂고/ 목숨을 빨아들이는 정적으로/ 점점 어둠 속으로 가라앉는/ 자정의 병동"(「자정의 병동」)으로 묘사되기도 하지만, 시인은 무엇보다 이 세계를 "서로를 향해 맹렬하게 물어뜯는" "사각의 링"(「링」)으로 인식한다. 이 '사각의 링'은 패배를 선언하지 않는 이상 유혈경쟁을 멈출 수 없는 야만성이 지배하는 공간이다. 그러나 세계는 그 야만성을 제도화하고 질서화한다. 다시 말해 야만성을 은폐함으로써 누구나 제도화된 질서에 순응할 것을 요구하는 것이다. 그렇다면 자본주의는 일종의 실험실이 아닌가. 더 큰 효율과 잉여를 위해 인간의 욕망을 해부하고 농락하는 실험실 말이다.

실험용 흰쥐는 유리 상자 안을 초조한 눈빛으로 돌아다닌다. 그림자 깊게 만든 젖은 눈을 뽑아 비이커에 넣어 흔들고, 쭈글거리는 간을 빼서 빨랫줄에 널어 두는 밤. 슬금

슬금 지하 계단으로 미끄러지는 둥근 빛줄기

-「달」부분

　실험용 흰쥐는 감금된 상태다. 빠져나갈 방법이 없다. 각종 균과 바이러스에 노출된 채 서서히 죽어갈 수밖에 없으나, 그 죽음은 실험실의 과학이데올로기에 철저히 이용된다. 자본주의를 살아가는 인간은 실험용 흰쥐와 다를 바 없다. 자본의 잉여를 위해서 철저히 해부 되고 절단되는 것이 인간의 신체, 즉 노동하는 신체이기 때문이다. 이 시집에서 '감금'의 이미지가 지배적인 것도 이와 무관하지 않을 것이다. "벽을 쾅쾅 울리며 소리를 지르지만 이곳은 소리가 죽어가는 수족관. 말의 시체들이 둥둥 떠다니는 푸른 늪."(「립싱크」)은 이 시집의 언어가 궁극적으로 놓이는 장소다. 외마디 비명을 지름에도 불구하고, 바깥으로 새어나갈 수 없는 고통의 언어가 바로 이 시집의 묵시록적 감성을 주조한다. 시인이 다른 시에서 "어쩌면, 한 생을 돌고 돌아/ 실오라기 하나 걸치지 않고/ 화장터에서 걸어 나와 스며든 곳/ 방부제로 채워진 유리관"(「그녀, 마네킹」)이라고 한 것도 우연은 아닐 터이다. 시인은 이 세계에 대하여 한없이 무력한 상태이며, 비상구조차 찾을 수 없는 절망감을 토로한다. 이 세계는 "내장과 내장을 물어뜯으며 몸속 길을 지우는 벌건 대낮"(「비상구」)이거나, 우리 "목숨의 지형도"가 그려진 헤어날 수 없는 '거미줄'(「거미집」)에 지나지 않는지도 모르기 때문이다.

유혈경쟁은 자본의 욕망과 무관하지 않다. 자본주의
체제는 인간의 욕망을 무한 자극한다. 자본의 욕망은 모
든 인간을 지배하고 있으며, 그에 대한 저항마저 무력하
게 만든다. 자본의 세계는 '핸드백'으로 응축되고 있기도
한데, 핸드백의 지퍼를 열면 "뚝뚝 피를 흘리"는 "붉은
하이힐 한 짝이 허공을 걸어오"는 것이다. 시인은 그 세
계를 "오, 나의 성스러운 신앙/ 관계들, 온갖 어둠이 우
글거리는 동굴"(『핸드백』)이라고 말한다. 하이힐은 자본
의 욕망을 상징한다. 일찍이 에두아르트 푹스가 『풍속의
역사』에서 하이힐의 관능적 기능을 갈파했듯이, 하이힐
은 자본의 욕망을 관능적으로 드러내는 이미지를 응축
시킨다. 자본의 욕망은, 욕망이 욕망을 욕망하는 시니피
앙의 연쇄와 다르지 않다. 그 욕망에 따라 "소녀들 앞다
투어 수술대에 오르"고, "서로가 서로를 표절하는 사람
들"이 "거리마다 행복하게/ 북적거리"는 것이다.(『표절』)

그러나 시인이 이미 말하고 있듯이, 이는 "모든 것이
살해"됨으로써 "태어"난 것들이며, 이들 모두 "투명한 유
리 상자 속을 순례하는" "마네킹"(『그녀, 마네킹』)에 지나
지 않는다. 삶의 실재가 살해되고 자본의 욕망만이 증식
하는 이 세계는 '사방연속무늬'의 세계다. "나방 한 마리
불빛을 두드리"고 "무쇠솥 안의 끈끈한 관계를 달구는
동안/ 서로 어우러진 나방과 전구는/ 방안 가득 무늬를
그려 넣는다".(『사방연속무늬』) 욕망의 무늬는 상사성相似性

을 띠고 있다. 주체와 타자의 욕망은 서로 얽혀 있고 구분되지 않는다. 자본주의 인간은 욕망의 노예가 되고 마는 것이다. 이 세계를 가득 채우는 것은 거대한 욕망의 하이힐, 그러나 "하이힐을 믿는 순간/ 뒤꿈치에 자라나는 맨홀"(「모든 게 미끼였다」)처럼, 이 세계의 실재는 맨홀 속에 존재하는 것인지도 모른다. 그래서 시인은 다시 말한다. "발밑이 지옥이다. 동그란 뚜껑을 닫은 채 숨어 있는 지옥."(「맨홀」) 지옥은 무쇠솥이나 불판의 이미지로 그려지기도 한다.

압력밥솥에 가부좌를 틀고
시간을 익히는 그대
감정과 사상을 긁어내고
벼슬 걸려 있던 얼굴까지 버리고
펄펄 끓는 지옥으로
걸어 들어오기까지

— 「복날 등신불」 부분

이곳을 나가려는 삶
이곳을 들어오려는 살점들이
지독한 상자에 갇혀 들썩이는
주민등록증을 가진 영혼과
천장에 달라붙은 짐승의 단말마
형광등 밑에서 어설프게 악수하는
식육식당, 간판 언저리

캐묻듯이 뻗어져 있는 오도독뼈

한때는 아름다운 몸 농염하게 흔들었을
그 무엇도 될 수 없는
육신의 조각들이
비로소 재가 되는
왁자지껄한 화장장火葬場의 시대

                                    ─「세 겹의 재」 부분

　시인은 이 세계를 무쇠솥과 불판의 이미지로 압축한
다. 무쇠솥과 불판은 신체를 비체화하는 공간이다. 무쇠
솥과 불판 속에서 복날의 개가 형해화되고 육신의 살점
들이 결국 재가 되는 공간이 자본이 지배하는 세계다.
자본을 향한 욕망에 "농염하게 흔들었을" "아름다운 몸"
들은 "펄펄 끓는 지옥" 속에서 "천장에 달라붙은 짐승의
단말마"로 남거나, "비로소 재가 되는" 운명을 면치 못한
다. 인간의 신체가 복날 개처럼 형해화되고 구워지는 시
적 상상은 잔혹한 세계의 극단을 효과적으로 환기시켜
준다. 그 잔혹함의 밑바닥에는 슬픔이 깔려 있다. "울음
이 울음을 불러/ 끓어 넘치는 안간힘"이 가득한 "무쇠 냄
비는 밑바닥이 슬프다"(「수상한 구멍」)고 시인은 말하고
있지 않은가. 결국 남는 것은 욕망의 재다. 욕망이 재가
되어버리는 순간, 인간은 추방당할 것이다. 추방당한 인
간은 어떤 의미가 있는가.

프랑코 베라르디는 자본주의의 말단에서 생산되는 것은 쓰레기라고 명시한 바 있다. 그에 따르면 유혈자본주의의 마지막 순환은 곧 쓰레기의 순환이며, 여기서 쓰레기란 자본주의라는 범죄적 가치화의 과정 뒤에 남겨진 사람들이다. 지그문트 바우만 역시 자본주의의 삶을 '쓰레기가 되는 삶'으로 명명한 바 있지만, 양아정의 시 역시 쓰레기가 되는 삶의 국면을 드러내고 있다. 철창 속에 무기력하게 갇힌 개의 형상(「구포 개시장」), 혹은 "병든 눈동자에서/ 질긴 세월의 분비물이 흐를 때/ 문짝 떨어진 장롱과 함께/ 너는 폐기처분"된 "유기된 짐승의 뼈마디"(「지붕 위의 개」)는 이 세계 속에서 쓰레기가 되어가는 인간의 형상을 명징하게 드러낸다. 자본주의 사회에서 노인은 '쓰레기'와 다를 바 없다. 장 보드리야르는 노년을 '제3의 시기'라고 한 바 있고, 노베르트 엘리아스 역시 노년을 사회적 유폐라고 한 바 있지만, 자본주의 사회는 노년에 대해 폐기처분의 선고를 내리는데 주저하지 않는다. 시인은 노년을 병동의 이미지로 응축한다.

커튼을 열닫는 동안, 납덩이의 아침이 등짝으로 찾아온다. 구겨진 몸 단단히 묶인 채 희미한 눈빛만이 공중을 떠다니는 병상, 가랑잎 같은 그녀의 손이 누군가의 손을 붙잡는다. 서로가 갈 길을 아는 기차처럼 한참 시들은 눈물을 게워낸다. 으르렁대는 지린내와 함께 세상 끝 번호표를 기다리는 흰 늙은이들, 등에 지고 온 구름들을 하나씩 내려놓고 노을 속으로 다시 떠나갈 짐을 꾸린다.

　그녀의 손은 푸른 지전을 받아들고 잠시 안도의 숨을 쉰
다. 내일도 몇 장의 구름을 주겠다는 그녀의 늙은 친구는
늘 검은 눈물을 흘린다. 늘어진 해는 기진맥진 창에 걸려
있고 찐득한 살 냄새 바닥에 뒹구는 거기, 벽시계 속에 걸
려 있는 이 빠진 시간들이 그녀의 잠과 맞물려 돌아간다
─「노인병동」 전문

　이 시는 노년의 삶이 거느리고 있는 소외감과 쓸쓸함
을 드러낸다. 이 시에서 주목해야 할 것은 마지막 문장
이다. "벽시계 속에 걸려 있는 이 빠진 시간들이 그녀의
잠과 맞물려 돌아간다". 노인은 여전히 벽시계의 작동
속에서 빠져나오지 못하고 있다. 이 벽시계는 무엇을 의
미하는가. 벽시계는 노동을 통제하는 근대적 시간의 규
율을 상징한다. 노인병동은 바로 근대 자본주의 사회에
서 인간이 도달하게 되는 마지막 종착지라고 할 수 있
다. 다시 말해, 노인병동의 시간은 "노파의 굽은 등으로
새어 나오는/ 지리멸렬한 시간들"(「자정의 병동」)로서 폐
기처분어 된 시간의 쓰레기에 지나지 않는다. 그러니까
이 세계의 시간은 "쓰레기를 소각하는 오후 3시"(「별다방
미쓰리」)에 머물러 있다. '쓰레기'는 자본주의 체제에서
추방된 자들의 삶의 양식이다. 시인이 "옷에 맞지 않는
헐렁한 옷을 걸친 노인"(「구포 개시장」)을 철창 속의 개와

병치시킨 까닭도 이와 무관하지 않다. 노인과 개의 병치는 「요양원」에서 다시 한 번 드러나고 있는데, 모두 버려진 존재들이다. 이들은 모두 추방된 자들이다. 자본주의의 본질은 그곳에서 추방된 자들이 가장 극명하게 보여준다고 할 수 있다.

그렇다면 이 세계의 비상구는 없는가. 세계는 오래된 지구본처럼 녹슬어 버렸고, "혁명" 역시 "두툼한 침묵이 담겨 있는 구멍 난 별"처럼 "시들어 버리"고 말았다.(「녹슨 지구본」) 그럼에도 불구하고 시인은 혁명에의 강한 충동을 지니고 있다. 세계와 신체의 절단면은 세계를 전복하고자 하는 혁명적 에너지를 지속적으로 축적한다. 그러나 미래는 어둡고, 역사를 읽어내는 혜안 역시 존재하지 않는다. 그러나 메시아는 '지금시간'(Jetzzeit)에 머문다. 시인의 어법에 따르면, 그것은 '악보'로 존재한다. 다만, 우리는 그 악보를 연주할 방법을 모를 뿐이다. 우리는 모두 눈먼 자로서 맹인인 것이다. 혁명의 악보는 랑그 형태로 잠재되어 있다. 우리는 악보를 파롤의 형태로 발화할 줄 모를 뿐이다. 심지어 읽지도 못한다.

맹인은 천천히 악기를 꺼내어 든다.

묵은 지퍼가 열리자 쏟아지는 불협화음, 출처를 알 수 없는 소문들 줄지어 오선지에 올라선다. 지정되지 않은 자리를 잡는다. 지하 월세방에서 빠져나온 음계들, 가파른 계단을 물고 있는 낮은음들. 악사의 겨드랑이 사이로 쏟아져 바닥으로 늙은 얼굴을 처박는다.

무수한 주름을 가진 건반을 더듬는 난독증의 연주자.

흰 지팡이가 지키는 바구니에 던져지는 동전들, 구깃구깃 구겨진 지폐 몇 장. 악사의 귓속 깊고 깊은 터널에 쌓일 때마다 음표들 흔들린다. 으르렁대며 서로 멱살을 잡아챈다. 때 절은 외투에 매달리는 차가운 눈빛들을 악사의 검은 안경은 털어내지 않는다. 잠깐의 침묵 사이로 무반주의 오후가 하얗게 짖어대고

세상은 눈먼 자가 읽지 못하는 악보로 펄럭인다.

닳아빠진 레일 위를 묵묵히 걷는 햇살은 그림자를 늘였다 줄인다. 주름투성이 그림자가 지상을 건너간다. 구정물 뚝뚝 흐르는 아이를 둘러업은 아이 잿빛 얼굴이 낯선 신발 앞에 엎드려 코를 박을 때

늙은 악사가 붙든 단단한 시간의 매듭들 풀린다. 툭 길 위로 떨어진다. 물수제비뜨듯 날아다니던 음표들 재빨리 거두어 사라진 자리, 아이를 둘러업은 아이 여전히 땅에 엎드려 맹인이 버리고 간 악보들 읽고 또 읽는다.

−「눈먼 자의 악보」전문

"세상은 눈먼 자가 읽지 못하는 악보로 펄럭인다." 그러나 우리는 여전히 그것을 읽지 못하며, 연주 또한 할 수 없다. 그러나 이 시에서 미래의 희망은 '아이'로 표상된다. "아이를 둘러업은 아이"가 "여전히 땅에 엎드려 맹인이 버리고 간 악보를 읽고 또 읽"고 있기 때문이다. "아이를 둘러업은 아이"라는 구절에서 우리는 참혹한 희망의 고혈孤子한 생명력을 읽는다. 시인 역시 혁명의 악보를 읽고자 하는 충동으로 가득하다. 그의 시에 드러나는 비체화된 신체와 감금의 이미지는 이 세계를 벗어나고자 하는 충동의 시적 증상이다. 세계의 절단면을 폭로함으로써 이 세계 너머를 향한 충동을 드러내고 있는 것이다. 그럼에도 불구하고 시인은 한동안 세계와 신체의 절단면 사이, 그러니까 "뼈를 쓰다듬는 빈소"를 어슬렁거리며 "쓰레기통에 버려진/ 누군가의 유언"(「자정의 노래」)을 증언해야 하리라. 그 유언 속에 악보의 풍문이 스친 흔적이 있을 것이며, 악보를 연주할 수 있는 '아이'의 현존이 잠재되어 있을지도 모르기 때문이다.